구름
기둥

─

불기둥
으로

구름기둥 불기둥으로

발행일   2018년 4월 30일

지은이   김 일 순
펴낸이   손 형 국
펴낸곳   (주)북랩
편집인   선일영   편집   권혁신, 오경진, 최예은, 최승헌
디자인   이현수, 허지혜, 김민하, 한수희, 김윤주   제작   박기성, 황동현, 구성우, 정성배
마케팅   김회란, 박진관, 유한호
출판등록   2004. 12. 1(제2012-000051호)
주소   서울시 금천구 가산디지털 1로 168, 우림라이온스밸리 B동 B113, 114호
홈페이지   www.book.co.kr
전화번호   (02)2026-5777   팩스   (02)2026-5747

ISBN   979-11-6299-103-9 03810(종이책)   979-11-6299-104-6 05810(전자책)

이 도서의 국립중앙도서관 출판예정도서목록(CIP)은 서지정보유통지원시스템 홈페이지(http://seoji.
nl.go.kr)와 국가자료공동목록시스템(http://www.nl.go.kr/kolisnet)에서 이용하실 수 있습니다.

구름
기둥

김 일 순 시 집

불기둥
으로

북랩 book

시인의 말

봄날이,
꽃가마를 준비해
내게 찾아왔네

사물에게
받아 적은 말
꽃가마에 태워
멀리 보낼 것이라고

눈을 들어
사방을 둘러보니
벌써 詩 꽃이 만발하네

2018년 4월

김일순

2부

3부

4부

1부

천 년의 바람

꿈길, 해묵은 은행나무 허리에
뱀이 똬리를 틀고 있었다

늙은 나무와 뱀이 소곤대는 소리
솨솨, 쉬이쉬이
우리는 언제부터 엮였지

젊은 날 눈멀어 기어오르다 독한 인연에 갇혔지

동거한 지 몇 겁 되었지
이천 년도 넘었지
인연은 알 수 없지

검룡소

검룡소에서
한강의 만물 약하다고
손가락질하지 말라

검룡소가 솟아 올린 첫 줄기는
여리면서 힘이 있고
하루도 쉬지 않는 성실함이 있다

구불구불 계곡 따라 흐르다가
동굴로 숨어들었다가
큰 힘 모아 용트림하는

만물은 사랑이 있고 의리가 있어

힘을 드러내는 순간

수천 톤의 젖이 된다

검룡소에서

만물 약하다고

수군거리지 말라

묘목 시장

이사할 준비로 들떠 있는
한 살 된 몽달 발들 줄지어 있다

꽃샘바람 돌아간 후
이름표 달고 사진도 단

배나무, 단풍나무, 매화나무

단풍나무는 온몸에 철사 걸치고
자태 뽐내며 벌써 물들어 있다

어디로 가는 걸까
이름표 단 걸 보면
갓 입학한 일 학년한테 가겠다

고사리손들이 부드럽다고 만질 텐데

벌써 물들었다고 놀리면 어떡하나

아무래도 좋다는 말

스스로 다짐하나 보다

우쭐우쭐

한들한들

바람결에 속내 드러내는가 보다

농부는 어디 갔을까

농부는 씨앗만 뿌려놓고
어디론가 사라졌다

밭은 자라는 씨앗 위해
가슴 내주며 이따금 푸념도 했다

뿌리기만 하면 다 된 건가
아비 없는 땅에선 튼실한 열매 보기 힘든데

공짜 햇볕을 몸에 쬐고

공짜 바람으로 숨통을 틔우고

공짜 물로 근육을 단련하는 중

농부는 어디 갔을까

잡초도 뽑아주고

거름도 주고

자라는 것도 봐 줘야 하는데

주말농장

노을이 농장을 곱게 물들이고 있다

앞줄은 배추, 뒷줄엔 무
푹 파인 고랑엔 콩들이
다섯 평의 좁은 백화점에서
서로 키 재기하며 서 있다

나비와 벌도 사뿐히 날아들고
허공을 떠돌던 먼지도 살며시 내려앉고
어디서 왔는지 벌레도 지렁이도 보인다

배춧잎 갉는 소리 들리는가

작은 땅 주인 배추는
이미 제 살을 애벌레에게
내주고 있었다

조금 남겨서 이웃집에도 줘야 하는데

그러는 사이 노을이
넉넉한 농부를 환하게 비추며 노래하고 있다

자벌레

귀농한 그이가
첫 수확했다고 상추를 보냈다

꽁꽁 싼 택배 상자 여는데
상추 색 닮은 여린 자벌레
자를 재듯 나온다

어디, 콘크리트 바닥 한번 재볼까
팔 걷고 덤비는 것이 예전의 그이 같다

그이는 콘크리트 바닥에서
어떻게 사는 것이 잘사는 것인지
이리 재보고 저리 재보는 데 시간을
참 많이도 보냈다

걱정스러운 마음이
상추밭으로 자벌레를 보내며
콘크리트 바닥은 위험하다고
귀띔해준다

목련꽃이 쉽게 지는 까닭은

목련꽃이 쉽게 지는 까닭은
봄비 탓만도 아니고
봄바람 탓도 아니고
꽃샘바람 탓도 아니랍니다

목련꽃이 쉽게 지는 까닭은
유혹에 넘어가지 않고
절개를 지키려는 탓이랍니다

목련꽃은

조선 여인의 은장도

시리도록 시퍼런 하늘에

새하얀 순결 떨굽니다

목련꽃이 쉽게 지는 까닭은

삼천궁녀의 원혼들

꽃잎 지는 까닭이랍니다

맑은 마음

빈손이 움직이기 시작했다
내미는 손길에 힘이 있다

빈손이 움직일 때마다
파문이 생기는 것은
손의 움직임과 입가의 미소가
닮았기 때문일까

빈손이
토라진 손 잡아주고
아픈 손 어루만져주고
곧은 손 풀어주고
마른 손도 펴준다

빈손에 내보인

상처투성이 손들이

한번 힘내 보겠다고

주먹을 쥐어 보인다

뒤통수 맞지 않으려면

앞에서 눈웃음치고
뒤에서 좋 주먹질하는
그 웃음과 주먹 잘 감지하라

뒤통수 맞지 않으려면
거리를 적당히 두는 것

거친 손 다가와도
구부러진 마음 다가와도
막을 수 있는

뒤통수에 눈 달아주면 어떨까
투구 씌워주면 어떨까

뒤통수 맞았다고 억울해하지 말라

미세먼지

햇볕이 창문 뚫고 들어와
문 열고 살라 한다
맑은 공기 마시라 한다

공기 청정기 숨 헐떡이며
미세먼지 나쁨이라고
문 열지 말라 한다

대기 환경 정보는
공기 매우 탁하니
바깥출입 삼가라 한다

누구의 말 들어야 할까

이사하는 날

포장 이사하는 날
나는 멀뚱멀뚱

이삿짐 싸는 아저씨
주섬주섬

짐 챙기는 모습이
식구 같다

가족들은 어디 갔어요

그이는 부재중

아들은 출장 중

이삿짐 푸는 아저씨

장롱문 살짝 열어

옷 정리하고

이부자리도 정리하는

이삿날, 이상한 가족관계

빈집

자식 떠나보내고
홀로 남은 나를 보니
구름 없는 허공 같다

'어머니' 하고 부르는 소리에
방문 밀치니
햇빛만 한가롭게

떠난 자식과 어미 사이
조용한 집과 하늘 사이가
순간, 명왕성처럼 멀어져간다

아직도

집안 한가운데

아이 목소리 숨어 있을까

벌써 가까이 다가온 하늘 사이로

새 한 마리 날고

햇살은 나를 꼭 껴안고

아버지의 별명

유년의 아버지는 비린내다
싱싱한 비린내다
아이가 먹는 사랑내다
아침
저녁
고깃배 기다린 기다림이다

천 원어치만 주세요

아버지는 천 원어치다
활기차게 파닥이는 물고기 냄새다

꿈 1

중년 여자가 무거운 자루 들고 버스에 오른다
오일장 가는 모양이다
볕에 그을린 손이 시금치 자루 쓰다듬고 있다
무척 눈에 익다

운전기사는 시금치 팔아 누구 주느냐고

투박한 손은 자루만 만질 뿐,
자루 속 시금치는 누구에게 무엇이었을까
객지에서 자취하는 딸의 용돈이었을 것이다
꿈을 깼는데도 시금치 자루와 그을린 손 어른거리고

수다 떠는 여자

골목에서 카랑카랑한 목소리 들린다
그 소리 벌써 내 방에 도착해
입술을 귀에 걸리게 했다
딸이 잘 풀렸다고 자랑하는 소리

나도 자식 자랑이면 그녀와 비슷할 것이다

매일 출근길에

어딘가로 전하는 이야기가

내 귀에 차곡차곡 쌓이고 있다

얼굴도 모르는 시원시원한 목소리,

딸이 대기업에 취업했다고 전화통이

터지도록 자랑하는 그녀에게

내 손은 축하한다고 마구 손뼉을 쳐댄다

언어장애인 할머니

노점상에서
쭈글쭈글한 더덕이
향내 풍기며 장사를 한다

더덕 닮은 손이 껍질 벗기자
하얀 속살 드러내며 깊은 산중 흙내와
나뭇잎 냄새와 상큼한 향내로
발길을 끌어들인다

코는 향기롭다고

몸은 보약이라고

눈은 신선하다고

할머니 귀에 대고

얼마냐고 소리치자

기다렸던 손이 오천 원이라고

손가락 다섯 개를 활짝 펴 보인다

푸른 기억

오래된 내과에 들렀다
내과에서 푸른 냄새가 난다

차례 기다리는 단골 엉덩이들이
한때 탱탱한 엉덩이 기억하는 의자에 앉아
콜록콜록 기침 놀이하고 있다

좁은 공간에서

감기 옮길까 봐 마음껏 내쉴 수 없었던

젊은 날의 날숨이

지금은 아무렇지 않게 편안하게 콜록콜록

한때 재검하라는 진단받고 떨었을 떨림과

검진 결과가 괜찮다는 환호성이

젊은 날의 기억을 꽉 붙들고 있다

불안한 버스

버스 운전사, 한 손으로
자연스럽게 통화한다

비도 오고 하니 퇴근길에
막걸리 한잔하자는 이야기

물기 머금은 바퀴, 그 소리 들으면서
자연스럽게 엉덩이 흔들며
빗길로 미끄러져 들어간다

직장에서 지친 발걸음들
차 안에서 비틀비틀

운전사는 벌써 기분 좋게 취한 말투다

운전석 뒤에는
운전 중 휴대전화 금지라고
붉은 글씨로 또박또박 박혀 있다

마지막 전철 안

전철 안에 앉은 냄새가
잔칫집 음식 냄새 같다
누릇누릇한 파전 냄새와
텁텁한 막걸리 냄새가
마당 같은 전철 안을 덮고 있다

마지막 상 물리고
집 찾아가는 모양이다

헝클어진 머리카락도
충혈된 눈빛도
비틀거리는 팔자걸음도
거나한 잔칫상 받았나 보다

욕 반 사랑 반

빛바랜 사진첩 뒤적이는데,
계집년이 공부해서 뭐 하노, 글이 솥에 들어가나
고기잡이 나갔다가 삼 개월 만에 돌아오신 아버지
목소리 들리는 곳에
니, 아부지 인정머리라고는 눈곱만큼도 없다고 노래하던
어머니가 대문 밖으로 뛰어나가며
큰놈은 당신 닮아 때 닦은 물로 못자리에 거름 할 놈이라고
큰 오빠 자랑에 빙그레 웃으시는 아버지

언제 오셨는지

아버지의 욕 소리와 어머니의 장단 소리가

내 앞에 환하게 서 있다

우리 문디 자식들 잘 있었냐며 껴안아 주시던 다정한 눈빛도

누룽지 얻어먹으려고 정지에 들어간 오빠에게

사내놈이 부엌 드나들면 불알 떨어진다고 욕하던 어머니의 표정도

사진첩 타고 시간 여행 즐기신다

공부해서 뭐 하노, 글이 솥에 들어가나

욕 반 사랑 반 뜨거웠던 아부지의 세상을

무척 가고 싶은가 보다

무의도舞衣島에서

섬에서 만난 새 한 마리
생전의 어머니 모습 같다

무더위도 마다하고 그 자리만 왔다 갔다
객지 나간 자식 기다리는 모습 같다

그곳 떠나왔는데도
새의 모습 따라와 왔다 갔다 한다

누구를 그토록 기다리는가

수상한 비행기 소리

급하고 빠른 굉음이
지붕 들썩이며 지나간다

강하고 우렁찬 소리가
뒤통수 흔들며 지나간다

소리가 급하고 강하다

막힌 담 허는 듯
답답한 현실 푸는 듯

무슨 일 생긴 걸까
삶을 송두리째 바꿀
크나큰 사건 터진 걸까

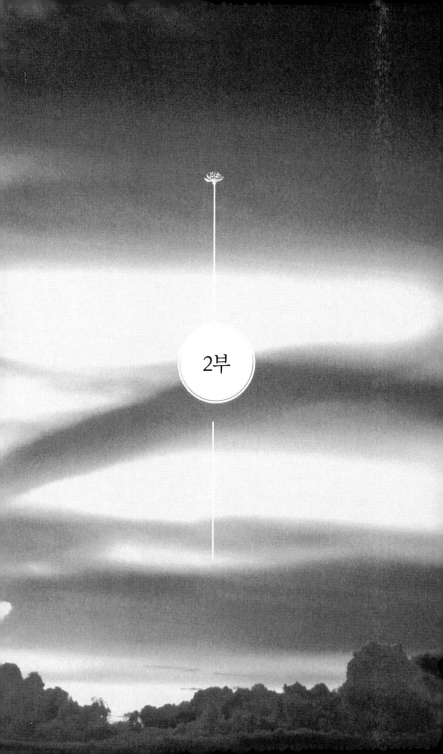

2부

구름기둥 불기둥으로

주님, 이 나라를 지켜 주소서
광야 길 힘들게 걸어가는
이 백성들 보살펴 주소서
모래알로 흩어지지 않게 해 주소서

주님, 이 나라 백성들 평온하게 하소서
거친 길 밤낮으로 살아가는 백성들
부끄러움 당하지 않게 감싸 주소서
회개할 수 있는 복도 내려 주소서
이 나라 살려주소서

서로 문안할 수 있는 언어도 주시옵소서
기뻐하고
감사하며
평안할 수 있는

골방

나의 온전한 자리는
깊은 심연에서 솟아오르는
뜨거운 눈물이 함께하는 자리
눈물이 마르면
미워하지도 감사하지도 못하는
그대 없는 텅텅 빈자리

식구를 보살피는 일도

이웃을 배려하는 일도

시를 쓰는 일도

눈물이야

따뜻한 눈물은 이웃이야

온전한 자리는 눈물로 기도하는 자리

눈물은 그대의 자리

나의 자리

골방의 자리

저수지

물이 흙빛으로 변해간다

맑은 물에 몸 담갔던 덩치 큰 산도
그림자 서서히 걷어 올리고
가끔 대어가 낚인다고 드나들던
낚시꾼들 발길 뜸하고

물결 곁에는 가까이 내려앉은 하늘뿐

결과 받아든 물살은 마구 흔들리고
물이 흙빛이니 녹내장,
흙탕물 거르지 못해 위궤양,
물을 맑히지 못하는
무기력은 갑상샘 결절
낚시꾼들 흘린 말 너무 곱씹어 금 간 치아

급한 손길이
흙탕물과 오물 걷어내자
새 물 흐르는 소리 들리고
하늘은 안심한 듯 밝은 빛 비춰주고

어머니가 하신 일

떨어진 벼 이삭 그냥 두자

들짐승 먹게

어머니 말씀 들리네

무시로 음식을

논두렁에 묻은 이유

이제야 알겠네

어머니가 하신 일 성경책에 있네

'벼 이삭마저 줍지 마라

가난한 이웃과 이방인들과

짐승들이 먹을 수 있게'

내 안의 정원

정원이 손질되던 날,

꽃샘바람 불었고 먹장구름도 일었다

바짝 말랐던 화초에 물기가 돌고

쓰레기로 숨통이 막혔던

우물에서 생수가 터졌다

깊이 뿌리내린 가시덤불 뽑히는 아우성

움푹 팬 그 자리엔,

비바람 막아줄

든든한 생명나무 심어졌다

그대

처음엔, 낯설어
다가오면 한 걸음 물러서고
또 한 걸음 물러서고

누군지 애써 알려줘도
눈 감고
귀 막고
애꿎은 발길질만 해댔다

사는 곳

수차례 알려줘도

먼 산만 바라봤다

천둥이 울던 날

어둠이 짙던 날

낯설지 않은 낯익은 모습으로

떨고 있는 손 꽉 잡아 주었다

제자리

지렁이 꿈틀꿈틀 뙤약볕과 씨름한다

땅을 기름지게 하는 사명

귓전으로 흘리고 이탈한 채,

아스팔트 바닥에서 오체투지를 하고 있다

햇볕이 물컹한 몸 사정없이 쏘아댄다

몸뚱이에서 물기가 빠져나갈 무렵

빗방울, 후두두

굳은 몸, 굳은 마음 풀어주며

제자리로 가라, 어서 돌아가라 등 떠민다

태풍경보

강풍은 오지 않았는데, 잔물결은 일었다
해일이 닥칠 것 같아 낚싯대 들고
방파제 앞을 서성거렸다

경보 시간이 한참 지났는데도 태풍은 닿지 않고
잔바람만 머리카락을 어지럽혔다

눈을 활짝 열어 파도 너울을 보니
태풍이 서성이는 곳은 바닷속이었다
바닷속에서 움직이는 급한 손길이었다
바다의 깊은 호흡이었다
금방이라도 바다에 빠질 것 같은 내 심정이었다

태풍은 갑자기 덮치는 제멋대로의 형상이 아니라
누군가의 손에 의해 크게 출렁이기도 하고
잔잔하기도 하고 뒤집히기도 하는가 보다

석양이 바닷속으로 빠져들 때까지 싹쓸바람은 오지 않았고
내 머리카락만 풍랑에 휩쓸려 떠도는 해초 같았다

어둠이 오기 전에

밖에서 사방을 살피는 그대여

활짝 열린 문으로 들어오라

밤낮이 바뀌기를 수차례

그대,부르는 소리 듣지 못하는가

목소리마저 잊었는가

한번 문 닫히면 아무도 열 수 없으리

어둠이 오기 전에 들어오라, 그대여

부활하는 사월

사월의 소리는
살 찢기는 아우성

찢긴 살이
무더기 생명으로 피어나는

사월의 소리는
어둠에 묶인 영혼들
풀려나는
복음의 소리

기쁜 소식, 건빵

전도자가
행인들 지친 손에
일용할 양식과
영원한 양식 나눠주고 있다
일용할 양식은 입 안으로 들어가고
영원한 양식은 쓰레기통으로 들어가고

전도자는 떨리는 입술로
영원한 양식 버리지 마세요
눈 크게 뜨고 마음 문 열고
주님이 부르는 소리 들어보세요

때 묻은 모습이어도 좋아요
예수의 보혈로 말끔히 씻어 준대요
예수님이 십자가에서 내 죄를 대신 졌대요

마음의 문

한동안 너에게
문만 닫으면 되는 줄 알았어

쪽문이라도 열어두었으면 좋았을걸

꽉 닫힌 문틈으로
쓰러졌다는 소식 들었어

미안해,
문만 닫으면 되는 줄 알았어

이제는 괜찮다

지는 노을 보는 것이
이제는 괜찮다

주위 한껏 물들이며
떠나는 모습도
이제는 사랑스럽다

빈자리 밝혀 줄
달과 별 있기에
이제는 아무렇지 않다

지푸라기를 놓던 날

손이 지푸라기 놓던 날
꽃비가 내렸다

손안에 있을 때
동아줄보다 질겼는데

손 놓으니
바스락, 바스락
금방 삭아 내리는

꽃비가 스며든다
허상(虛想)이
빠져나간 손안으로

랄랄라

그대와 대화는
랄랄라

기쁜 감사 인사도
랄랄라

슬픈 눈물 앞에서도
랄랄라

그대 대답도

랄랄라

랄랄라

랄랄라

사진 한 장 남기려고

봉창 뚫고 들어온 거센 바람이

식구들 어깨 시리게 했다

그 바람 피하느라

하늘도 열 수 없는 철문 꽁꽁 달았다

계절이 몇 바퀴 돌아올 때까지도

문은 입을 꼭 다물고

찬바람만 쌩쌩

철문 앞으로, 사진틀 떨어지며 비명 질렀다

네 식구가 웃고 있었다

동행同行

길 가다가 폭풍우 만나
숲길로 찾아들었다
비바람은 숲을 마구 휘저었고
홍수로 길은 이내 사라졌다

숲에 어둠이 켜켜이 내려
온통 캄캄하기만 한 시간이
주위를 겹겹이 싸 두려움에 떨었다

그때, 나뭇잎이 흔들리는 것 알아차렸다
'일어나라 가다듬고 손잡아라'
어둠 가운데서 올려다본 순간
분명한 모습 마주하였다

비바람은 개었고
자욱이 앞을 가리던 안개도 걷히고
나는 마냥 오솔길 따라 거닐며
흥얼 노래 부를 뿐이다

오늘도 혼자가 아닌 발걸음이라
비바람 속을 거뜬히 헤치며 지내간다

안녕을 묻다 사라졌다

일곱 시 안녕이 살짝

열두 시 안녕으로 건너뛰고

열두 시 안녕이 껑충

열여덟 시 안녕이더니

열여덟 시 안녕이 언제부터

영

영

허공에서 메아리

말, 오해

말이 귀에 도착하는데

걸리는 시간은 짧다

따뜻한 말인지 차가운 말인지

도착한 말은 따뜻한데

귀는 차갑고 무거운 말로

오해할 때가 있다

그 무게를 머리가 소화 못 해

몸이 비상사태일 때도 있다

도착한 메시지가 싫다고

입이 실룩거리기도 한다

눈치 빠른 눈은 공손하게 깜박깜박

그러자 몸은 따뜻해지고

입꼬리는 올라가고

귀는 말을 잘 새겨서 들을 것이라고

떠돌이 언어

입에서

초대하지 않은 말들이 나온다

매끄럽고 가볍다

돌고 돌면서

파문을 일으킨다

내 안에는

떠돌이 언어가 많나 보다

입만 열면

부르지 않아도 술술 나오는

3부

곰치

무 송송 쓸어
시원하게 끓인 곰치국
친정집 담 넘는다

볼품없어 천대받던 너
말기 암 병동에서 동생
입맛 돋운다

먹고 힘내
친정집 담장 넘어온
어머니 말씀
국그릇 비우게 한다

자월도

무더위 피해
무작정 자월도로 간 적 있다

한여름인데도 사람들 발길 뜸했고
풀벌레 울음만 가득했다

그 소리는 집에 두고 온 강아지
울음 같았다
따라온 울음에 귀 기울이다가 하늘 보는데
별빛이 눈물로 쏟아졌다

낯선 곳인데도
귀에 익은 소리로 가득했던 섬
섬을 익히는 데는 하룻밤이면 됐다

섬에서 들었던 낯익은 소리가
무덥고 답답할 때 같이 오라 한다

며칠 집 비운 사이

장롱의 옷이 끌려 나온 그 틈에
소형 철제 금고 찢긴 모습으로 앉아있다

부도 맞은 약속어음 가득 찬 금고,
지키지 못한 약속 웅크리고 있는

갈기갈기,
뛰는 심장 달래며 뜯었을 그는 누구일까

경찰은 범인 잡겠다고 발자국과 지문 채취해가고

차례

옆자리가 밤새 비웠다

같이 먹다 남긴
과일 수분 마르지 않았는데
급한 부름을 받았나 보다

내 차례는 언제일까

문병 온 지인은 할 말 없는지
허공에다
기적이라는 말 넌지시 던지는데

의사가 내린 선고의 시각은
벌써 문 앞에 와 있는데

이모를 보내고

구급차 타고 먼 길까지 달려온 이모를
빈손으로 보낸 어머니는 온통 울음이었다

방문 걸어 잠그고 살려 달라 부르짖는 소리는
내 심장을 뚫었다

살고 싶어 큰 병원 찾은 이모가
가망 없다는 확인 선고 다시 받아들고
왔던 길 되돌아가는 그 마음 절절해
어머니의 기도 소리는 마구 방 안을 흔들었다

아픔을 겪는 것은,

환자나 가족이나 같다는 것을 알았다

질병을 같이 견디며 이겨내는 것도

가족의 할 일이라는 것도 알았다

아무것도 이모 손에 쥐어 보내지 못한 것이 더 아픈지

어머니의 기도 소리는 좀처럼 그치지 않았다

심우도尋牛圖

천마산에 달이 떴다

어릴 적 소 찾아 나설 때의
달이 떠오르고 있었다

달그림자 속에
소의 발자취 보였다

소의 고삐를 붙들고
길을 들이려고 하였다

그러나
나의 손을 뿌리친 소가
내 가슴에서 헤매고 있었다

어떤 위로도 할 수 없었다

사고로 딸을 보내고
대문 들어서는 그녀 눈가에
쓰린 눈물 맺히는 것 보았다
열린 문틈으로 도란거리는 소리가
딸과 대화하는 듯 들렸다
애써 꿈이라고, 아니라고 하는 것 같은
가슴 후비는 울음은 살짝 열린 문틈 넘어
꺼이꺼이 들리곤 했다
그녀는 방바닥에 주저앉아 한참
중얼중얼하는 듯했다
오늘따라 마당가 서성이는 바람은
떠나지 못한 영혼의 발소리 같았다
나는 자식을 가슴에 묻어야 하는
어미의 타버린 얼굴을 보며
자식을 먼저 보내는 일이야말로
가장 뼈아픈 일이라는 것을 알았다

자식을 먼저 앞세운다는 것을
한 번도 생각한 적 없어서
그녀에게 어떤 위로도 할 수 없었다
떠난 딸의 그을린 모습과
밤늦도록 깊은 울음 퍼 올리는 어깨가
나를 마당에서 밤을 꼬박 지새우게 했다

이 병실에서는

병실 드나들 때 조심하라

부재중인 환자 근황 묻지 말라

빈자리는 조금 전까지

호흡이 머물다 간 자리,

이 병실에서

목소리 높이지 말자

실시간 이 땅과 저 땅 소식

애타게 기다리는 곳,

못 견디게 말하고 싶으면

침 한 번 꿀꺽 삼키자

할머니의 시간

병실에서 전화기 붙들고 있는 할머니 만났다

초등학생 손녀가 학급회장 됐다는 소식에
처져 있던 목소리 병실 흔들고,
칭찬과 더불어 선물을 통장에 입금하겠다고
힘 있게 공약하는 바람에 예민한 환자들 뒤척인다

전화 끊은 할머니,
비어가는 통장 잔액 확인하며
조금은 손녀에게 더 부쳐 줄
선물이 남았다고 안심하는 눈빛

자식처럼 키운 손녀 더 붙들다
조용해야 할 병실 규칙도 깨버린
마지막 간절한 목소리는
병실을 울리고

예민한 귀

집은 도로에서 멀리 떨어진 곳인데
귀는 구급차의 숨 가쁜 소리를
끌고 와 온몸에 퍼붓는다

오늘따라 귀는
사이렌 소리만 물고 온다
그 소리는 병원에서 투병하는
동생의 몰아쉬는 호흡 같다

예민한 귀는

벌떡 일어나 동생에게 급히

가보라는 것 같다

잘 가

중환자실에서 오랫동안 누워있던
동생의 위급함 알리는 전화 받고
버스에 오른 길은 사막의 능선이었다

중환자실에서 바짝바짝 타는 몸이 할 수 있는 건
살아있음 알려주는 모니터의 초록색 곡선 살피는 것뿐

하늘 가는 길이 많이 힘든지
목이 퉁퉁 붓도록 숨을 몰아쉰다

십 리 길, 손잡고 학교 걸어가는 모습 떠오른다
지쳤는지, 초록색 노란색 파란색 곡선 모두
평지에 누웠다

꼭 잡은 손, 놓기 싫은 손은 숯 검댕이 되어
스르르 내려졌다

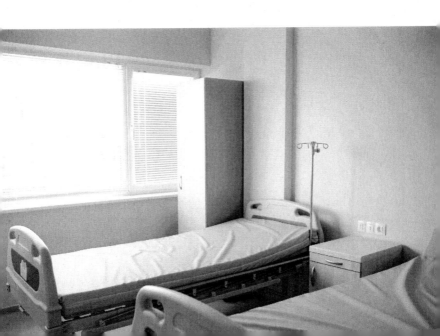

눈물이 한 일

오래도록 기다리게만 했던 그녀 보내면서
그는 괜찮은 척 회한을 감추려 했지만
결국은, 견디지 못한 눈물이 샘처럼 터져 나왔다

싸우기도 하고 웃기도 하면서 보낸 시간을 못 잊는 눈물은
만남의 도리를 다하지 못한 것 떠올리면서
병상 지키지 못한 아쉬운 시간까지 끌고 와 어깨 들썩이게 한다

차 떠난 뒤 손 흔드는 허전함으로 흥건한 눈물은
그녀와 지내온 시간을 그냥 보낼 수 없다고
소중한 만남의 끄나풀 몇 개라도 건져 올리고 싶은 듯
그녀의 흰 천 위에 길을 만든다

가슴으로 흘러내린 그의 눈물은
관 속의 그녀에게 용서를 구했는지
영안실은 울음바다가 되었다

눈물은 만남의 시간만큼 지나가야
바짝 마른 나뭇가지 형상이 될는지

손가락을 움직여 봐

가족 뒷바라지와
병원에서 환자 돌보느라
바빴던 그녀가
커피 마시고 방에서 잠깐 쉰다더니
그 길로 침대와 한 몸 되었다

무슨 꿈을 꾸는지
지친 눈 감고 온전히 쉬는지

환자 돌보던 손이

가족 돌보던 손이

축 늘어져 꼼짝 안 한다

남편은 의식 없는 그녀에게

자꾸만 손가락을 움직여보란다

자꾸만 눈을 떠 보란다

하얀 눈동자

영정 사진 속 그녀는
나를 쳐다보고 있다
눈 피해도 눈동자는 내 눈앞에 있다
카메라 렌즈처럼 눈 떼지 못하고 있다
시집 출판해야 한다던 그녀가
바빠서 믿음도 지키지 못한다던 그녀가
할 말 있는지 자꾸 내 눈 붙들고 놓지 않는다

잠자리까지 따라온 하얀 눈동자
물끄러미 쳐다보고 있다
무슨 할 말 있는지
내일은 내 것이 아니고
오늘만 내 것이라고 알려주려는 건지

화장터

불빛 따라
산등성이 오른 일 있었지
차바퀴는 고개를 구불구불
유연하게 올랐지
불빛이 멈춘 곳에서 바퀴도 멈췄지

일회용 도시락이 널브러져 있고
마지막 길 배웅한 흔적
여기저기,
허겁지겁 한 끼를 넘겼는지
나도 어머니 보낼 때 그랬지
아직도 굴뚝은 누런 냄새 달고 보내지 못하고 있다

치유받던 날

성령의 바람이 분다
뜨거운 바람에 잡힌 세포가
파르르 떨자
침샘 가득 졸졸
곪은 피 흐르는 소리가 난다
반란을 일으키는 세포 맡겨보자고
반란을 잠재울 손길 간절히 기대해보자고
활발하게 꿈틀댔던 악성 종양이
뜨거운 바람에 녹아
굳어졌던 혓바닥 풀어주고
물밖에 받을 수 없었던 입에
밥숟갈이 드나들고

이 입으로 축복의 말만 하겠습니다

미련

미련은 칡뿌리다
단물이 빠질 때까지
쓴 물이 나올 때까지
비틀어 말라질 때까지

미련 없다 하면서
또다시
칡뿌리 붙들고 씨름하는
질긴 선수다
지면 금방 일어나
다시 붙잡는 거머리다

인사

딸은

아침마다

어머니, 잘 주무셨는지요

문안 인사한다

나는

아침마다

하늘 아버지께

눈 뜨게 해 주셔서

감사하다고

두 손 모은다

백목련 꽃잎이

백목련 꽃잎이 허공에서
시간을 토막 내고 있다

창문에 부딪힌 꽃잎이
다시금 중심을 잡고
강설(降雪)처럼 내린다

꽃잎이 아스팔트 바닥으로
하얗게 내려앉는다

떨어져 내리는 꽃잎이
인생의 마침표
어느 순간에 정지하는 것일까

나도 흩날리는데
여기 이렇게 흩날리는데
백목련 몸짓으로 흩날리는데

4부

개 1_ 강아지가 좋아하는 말

강아지를 앉혀놓고 이야기한다
세상 어지러운 이야기도 하고
가족 이야기도 하고
아프지 말라는 당부도 한다

내 말을 알아듣기라도 하는 듯

두 귀는 쫑긋쫑긋

꼬리는 살래살래

산책, 콧바람 하면 동공이 커지고

숨소리도 거칠어진다

강아지가 좋아하는 말

간식

콧바람

산책

내가 좋아하는 말은 무엇일까

개 2_ 유기견

그 여름을 무엇이라 단정 지을까

뜨거운 팔월, 유기견 센터
삶과 죽음의 갈림길에서
창살 뚫고 나가고 싶었다
입양자 없으면 안락사
제정신이 아니었지
낯선 눈빛 붙들었어,
온몸으로 살려달라 애원했지
지금도 창살 안 몸부림이
꿈으로 다가와 부르르 떨 때가 있어
그럴 때마다 따뜻한 마음이
나를 쓰다듬으며
건강하게 오래오래 살자고 해

벌써 여기서 여름을

여섯 해나 보내네

내 나이는 열한 살이래

나를 보듬어주는 주인 위해

낯선 발걸음 소리 들리면

목소리 크게 부풀어 짖어주지

개 3_ 참견

옥탑 총각
여자 친구 데리고
조심조심 지나는데
야야
발걸음 사뿐사뿐

바람 부는 날
창문 덜컹대는데
야야
바람은 이내 잠잠

택배 온 날
똑똑 조용히 문 두드리는데
야야
택배 아저씨 발걸음 타닥타닥

뒷짐 지고 어험 하는 할아버지 같은

개 4_ 방주

강아지를 보며

노아의 방주 속

짐승들을 상상한다

정결한 짐승

부정한 짐승

꼬리 흔드는

저 강아지는

정결한 짐승으로

방주에 오른 모양이다

하나님께서 지명한 짐승이

지금,

꼬리를 흔들고 있다

개 5_ 짓는 소리에

덩치 큰 개 한 마리

큰 소리 만들며 따라온다

짓는 소리는 금방이라도

덤벼들 것 같은 위엄이 있다

머리는 쭈뼛 서고

손은 땀으로 젖고

지금 짖는 저 행동은 무엇일까

우리 집 강아지도 가끔은

내 눈 보며 격렬하게 짖을 때가 있다

같이 놀자는 것인가

개 6_ 명상

나른한 오후, 거실에서
두 발 가지런히 모으고
어깨 세우고 눈 감고 있는 것이
명상하는 것 같다

무슨 생각에 잠긴 걸까

옛 주인에게 꼬리 흔들며 따랐던

기억 떠올릴까

건강이 예전 같지 않다는 생각할까

명상 시간은 길지 않다

그 순간만큼은

먹는 본능 짖는 본능 내려놓고

개 줄 서기

밥 먹는 모습에 질서가 있다

먼저,

어린 강아지 먹게 하는

기다림이 있다

까닥까닥 씹는 소리 경쾌하다

뒤에서 비워가는 밥그릇 보며

다리 들었다 놨다 하는

저 행동은 무엇일까

다 먹지 말고 조금 남겨 달라는 신호일까

개 8_ 불꽃 같은 눈이

불꽃 같은 눈이 보고 있다

그 눈빛에 뚫린 몸이 저절로 의식한다

밥상에서 밥숟갈 움직일 때도

외출 준비할 때도

새까만 눈 계속 따라다닌다

어쩔 땐 신기한 것처럼 눈 깜박이고

어쩔 땐 눈물 번진 슬픈 표정으로 바라보고

어쩔 땐 정말 이해할 수 없다는 표정으로

고개 갸웃갸웃한다

개 9_ 깨어 있는 귀

한밤중,
드르렁드르렁
잠은 깊은 것 같은데
귀는 팔랑팔랑

창문 덜컹거리는 소리와

발걸음 쿵쿵거리는 소리에

후다닥 몸 일으키는

강아지는,

가족 위해

자면서도 비상근무 중

개 10_ 방귀 냄새

냄새 맡은 코가

구린내 찾아 나섰다

식구들은 서로 아니라 손사래,

보리도 아니라고

흑진주 같은 눈 껌벅이고

곁에 앉은 콩이는

꼬리로 항문을 꽉 막고 있는데

평소 때,

내게 한 행동으로

킁킁킁 냄새 맡아보는데

아뿔싸,

고소한 구린내는

강아지도 방귀를 뀌는구나

개 11_ 믿음

투박한 손에 온전히
머리 맡기는

무서운 일 만나면 뛰어와
푹 안기는

간식 달라 조르는
당당한 눈빛

그 믿음,

온전한 사랑 만드네

개 12_ 공사 현장에서

오랜만에 본 늙은 누렁이
예전 같으면 반갑다고
뛰어오르거나 할 텐데
먼 산만 보고 있다

공사는 언제 끝났는지
밥그릇엔
바람 소리와 물소리뿐

십 년 동안 인부들과 한솥밥 먹은 누렁이,

새로운 현장으로 발령받길 기다리는가

내 아버지처럼 나이 많다고 퇴직 권고받은 건가